Prinz Karolus sucht eine Braut

FSC
www.fsc.org
MIX
Papier aus ver-
antwortungsvollen
Quellen
Paper from
responsible sources
FSC® C105338

ULLI SOAK

Prinz Karolus sucht eine Braut

Ein albernes Antimärchen

Bibliografische Information der Deutschen Nationalbibliothek: Die Deutsche Nationalbibliothek verzeichnet diese Publikation in der Deutschen Nationalbibliografie; detaillierte bibliografische Daten sind im Internet über http://dnb.dnb.de abrufbar.

Lektorat und Korrektorat: Alexander Demuth, Ulli Soak
Coverillustration: Roy Schmidt
Verlag: BoD · Books on Demand GmbH, In de Tarpen 42, 22848 Norderstedt
Druck: Libri Plureos GmbH, Friedensallee 273, 22763 Hamburg

ISBN: 978-3-7578-4689-3

Nein!", schrie Prinz Karolus. „Nein, nein, nein, nein, nein!"

Mit einem lauten Scheppern landete seine Rüstung in der Ecke des Prinzengemachs.

„Aber mein Junge", sprach seine Mama, die Königin. „Alle Prinzen reiten aus und erobern sich das Herz einer Prinzessin, so war es seit eh und je! Und Rosalinde soll die schönste Prinzessin sein, die die Sonne je gesehen hat."

„Was soll ich denn mit so einer ollen Gans", heulte Prinz Karolus. „Ich will lieber bei dir bleiben."

Und er legte den Kopf in den Schoß seiner Mama und weinte bitterlich.

„Ach, Herzchen." Gerührt strich die Königin über sein lockiges Haar.

Es war zum Verzweifeln, die Königin wusste nicht mehr ein noch aus. Als *sie* jung gewesen war, hatten die Prinzen scharenweise vor ihrem Fenster gesungen und Gedichte geraunt oder waren auf ihren stolzen Rössern auf und ab geritten und hatten ihre Wappen und Trophäen präsentiert. Da war sie nicht einmal sechzehn Jahre alt gewesen. Aber heutzutage wohnten die Prinzen mit 35 Jahren noch zu Hause, *weil sie sich noch nicht festlegen wollten.*

Ein Albtraum!

Und die jungen Prinzessinnen? Die waren noch viel schlimmer! Die wollten *erstmal reisen* und galoppierten mutterseelenallein durch die Lande, ohne Kammerzofe und ohne Diener! Hatte man so etwas schon einmal gehört?

Alles war anders geworden.

Aber heute wollte die Königin nicht nachgeben, auch wenn ihr das Herz blutete. Im vergangenen Mai hatte Prinz Gunibert aus dem Nachbarkönigreich geheiratet, und seine Mutter, ihre Cousine Jeanette hatte sie mit ihrem endlosen Geplapper über Sitzordnungen, weiße Tauben und Tafelsilber fast in den Wahnsinn getrieben. Und just heute Morgen hatte ihr ein Bote die Einladung zu Cousin Ludwigs Hochzeit überbracht; der war drei Jahre jünger als ihr Karolus! Nein, jetzt musste sie streng sein, auch wenn sie das gar nicht mochte. Sie schob ihren Sohn sanft beiseite und stand auf.

„Karolus", sagte sie ruhig, aber bestimmt. „Du weißt, dass ich dich von Herzen liebhabe. Aber du wirst jetzt reiten, oder es gibt ein Donnerwetter."

Karolus merkte, dass es seiner Mama ernst war.

„Aber nur, wenn ich Papas Pferd kriege", sagte er trotzig.

*

Seit drei Tagen ritt Prinz Karolus nun schon durch die Lande und verfluchte sein Leben, das eine solch unangenehme Wendung genommen hatte. War er nicht eben noch mit Mama in der Kutsche durch den königlichen Rosengarten gefahren? Hatte er nicht erst gestern neben Papa gestanden, der auf seinem goldenen Thron saß und andere Könige und wichtige Staatsmänner empfing? Hatte er nicht gerade noch ein weiches Daunenbett gehabt und jeden Morgen in Milchwasser gebadet? (Das machte seine Haut so rein und vornehm.)

Doch nun brannte ihm die Sonne auf den Kopf, der Helm rutschte ihm ständig über die Augen und Bannibub, Papas großer, schwarzer Hengst, reagierte überhaupt nicht auf seine Reithilfen und lief, wohin er wollte. Karolus hatte versucht, dem Tier Manieren beizubringen, worauf das Biest ihn zwei Mal abgeworfen hatte und beim dritten Mal durchgegangen war. Erst am Abend hatte er den Hengst wieder eingeholt, der friedlich auf der Weide eines Bauern graste. Also ließ er den Gaul jetzt traben, wohin er wollte. Resigniert hatte er mit dem Gedanken gespielt, dass er nach sieben Tagen einfach wieder nach Hause reiten und sagen würde, dass er versucht habe, die Prinzessin Rosalinde zu retten, die holde Maid aber *leider* schon von dem Drachen gefressen worden sei.

Wäre doch möglich!

Als die Sonne hoch am Himmel stand, kam Prinz Karolus in einen dichten, stillen Wald. Bannibub lief langsamer und rupfte hier und da das saftige Gras vom Wegesrand.

Also stieg der junge Held ab, setzte sich auf einen Stein unter einer alten Linde und holte aus dem Hirschlederbeutel sein Mahl heraus.

Mama hatte, um ihn versöhnlich zu stimmen, all seine Leibspeisen einpacken lassen: Feine Roulade und Blaubeerkuchen und Reissalat mit Sonnenblumenkernen und Rosinen. Er ließ es sich schmecken. Aber er war immer noch böse auf Mama, o ja!

Plötzlich knackte es neben ihm im Gebüsch.

Prinz Karolus blieb vor Schreck die Roulade im Hals stecken und er musste schrecklich husten. Jemand klopfte ihm so grob auf den Rücken, dass er glaubte, er würde gleich mitten durchbrechen, und er fiel rückwärts vom Stein. Zwei große Pranken hoben ihn kurz auf und wramsten ihn dann mit solcher Wucht wieder auf den Stein, dass seine Rippen knackten. Ein kolossales Gesicht erschien in seinem Blickfeld. Vor Prinz Karolus stand ein Riese.

„Jaja, das kommt davon, wenn man so schlingt", grollte es aus dem breiten Mund. Prinz Karolus war starr vor Schreck. Aber dann besann er sich seiner Prinzenrolle und sprang auf.

„Weiche, du Ungetüm", schrie er und wollte sein Schwert ziehen. Es war aber länger, als er gedacht hatte, und er verhedderte sich im Gurt. Wie er auch zog und zerrte, er bekam die Klinge nicht aus der Scheide. Der Riese schaute ihm zu, wie er da auf und ab hopste, und fragte nach einer Weile:

„Weißte, ich glaub', du musst das Schwert grade rauszieh'n."

„Das ist mir durchaus bekannt“, brauste Prinz Karolus auf und zog erneut. Diesmal gerade.
Mit hochroten Wangen hielt er endlich die Waffe in der Hand. Sie blitzte in den hellen Sonnenstrahlen, die durch das grüne Blätterdach der alten Linde fielen.
„So, nu aber“, sagte Karolus zu sich, und dann brüllte er erneut:
„Weiche, schrecklicher Riese, weiche!“
Der Riese schaute ihn verblüfft an, ging aber zur Vorsicht einen tapsigen Schritt zurück. Dieser kleine Wicht war ihm nicht geheuer.
„Schon gut“, brummelte er. „Ich wollt' doch nur fragen, ob ich was von dein'm Blaubeerkuchen abkrieg'n kann.“
„Meinem Blaubeer- ? O...“ Verwirrt ließ der Prinz das Schwert sinken. Er konnte es sowieso kaum anheben.
„Willst du denn nicht über mich herfallen und mich in die Berge verschleppen?“, fragte er.
„In die Berge? Wolltste wandern geh'n?“, fragte der Riese höflich.
„Was, wandern? Nee“, sagte Karolus. „Ich bin auf der Suche nach Prinzessin Rosalinde in der Drachenburg. Ich dachte nur, weil du ein Riese bist, entführst du mich in die Berge zu deiner Höhle und grillst mich auf dem Spieß für deine Familie zum Abendbrot.“
„Was? Ahahahaha, du bist wohl 'n ausgekochter Spaßvogel, wa?“

Der Riese lachte laut und dröhnend und schlug Prinz Karolus mit solcher Wucht auf die Schultern, dass der Königssohn ein Stück nach vorn stolperte.

„Ich wusste gleich, dass du 'n lustiges Kerlchen bist, ahahahahaha." Der Riese ließ sich auf sein mächtiges Hinterteil fallen. „Krieg' ich denn jetzt den Kuchen?", fragte er.

„Ach ja, hier." Karolus hielt es für besser, dem Riesen den ganzen Kuchen zu überlassen. Er schien zwar nicht so böse zu sein, wie Mama es von den Riesen aus den Wäldern erzählt hatte, aber man konnte ja nie wissen.

„Üwrigenf, iff heiffe Mffbrt", sagte der Riese, und Krümel und Spucke sprühten in Karolus' Gesicht.

„Ähh, wie beliebt?" fragte Karolus, der glaubte, sich verhört zu haben.

„Mffbrt heiße ich", sagte der Riese, der aufgekaut hatte.

‚Da war wohl jemand bei der Vergabe der Vokale nicht anwesend', dachte sich der Königssohn im Stillen und wischte sich das Gesicht. Aber höflich antwortete er:

„Ich bin Prinz Karolus, Sohn von König Kasimir dem Fünften und Ihrer Lieblichkeit, Königin Karoline."

Er war sehr stolz auf seine Eltern, besonders auf seine Mama, die sehr schön war, darum sagte er das mit der Lieblichkeit.

„Un wo willfte nochma hin?", fragte Mffbrt, nun den großen Mund wieder voller Kuchen. Offenbar interessierte ihn Prinz Karolus' edles Elternhaus nicht besonders, was dieser ziemlich unhöflich fand.

„Ich suche Prinzessin Rosalinde", sagte er daher kühl. „Ein Drache hat sie entführt und hält sie auf seiner Burg gefangen. Ich fürchte nur, ich bin ein wenig vom Weg abgekommen", gab er zu.

„Hm, vonna Prinzessin hab' ich hier inna Gegend nirgends nix mitbekomm'n", sagte Mffbrt nachdenklich. Er hatte sich inzwischen den ganzen Kuchen einverleibt und rülpste nun zufrieden. „Aber geh doch mal zur Moorhexe, die weiß einfach alles. Sie is' schon mehr als tausend Jahre alt, unsere gute alte Moorhexe. Immer gradeaus und anna alten Buche rechts weg, dann kommste aus'm Wald ins Moor, wo ihr Haus steht."

Prinz Karolus verspürte gar keine Lust, so eine sabbernde Alte aufzusuchen, die in einem stinkigen Sumpf hauste. Er wollte doch eigentlich schnell wieder heim zu Mama und hatte das nur vor Mffbrt nicht zugeben wollen. Aber da der Riese ihn so erwartungsvoll anschaute, sagte er:

„Gut. Ähhh. Vielen Dank."

Und um seine Würde wieder herzustellen und auch, um Mffbrt zu zeigen, dass er eine vornehme Erziehung genossen hatte und aus edlem Hause stammte, sagte er noch:

„Lebe wohl alsdann."
Darauf griff er seinen Hirschlederbeutel, der nun bis auf die Leberwurst und einen kleinen Brotlaib nichts mehr enthielt. Bannibub hatte sich inzwischen wohl satt gefressen, der mächtige, schwarze Hengst stand jedenfalls still unter einer Tanne und ließ Prinz Karolus in Ruhe aufsteigen.
„Viel Glück", sagte Mffbrt.
Karolus hob die Hand zum Gruß, wie er es bei seinem Papa gesehen hatte.
Mffbrt schaute ihm lange hinterher, bevor er sich umwandte und mit dröhnenden Schritten zurück in den Wald stapfte.

*

Die Dämmerung fiel bereits bereits, als Prinz Karolus das Moor erreichte. Nebelschwaden stiegen über den dunklen Wassern auf, und eine matte Abendsonne stand tief über den Wiesen. Karolus' Mut sank, als er die kleine Hütte der Moorhexe erblickte, eine graue Steinkate inmitten eines schwarzen Tümpels. Kein Licht brannte in den Fenstern, die ihm wie die leeren Augenhöhlen eines Totenschädels vorkamen, die zu ihm herüber starrten.
‚Vielleicht sollte ich mein Nachtlager unter den Bäumen aufschlagen und die Alte morgen aufsuchen', dachte der Königssohn und wollte soeben sein Pferd wenden.

Da flammte in einem der finsteren Fenster ein Licht auf. Und mit einem Mal leuchtete es aus allen Fenstern hinaus in die Dunkelheit. Das sah so anheimelnd aus, und da Karolus der Magen knurrte und Bannibub auch in Richtung der Kate drängte, sagte er sich:

‚Ich werde klopfen und nach einer Stulle mit Eiback fragen, da ist doch nichts dabei.‘

Er holte tief Luft und klopfte betont kräftig an die alte, verwitterte Holztür. Sie öffnete sich mit einem Knarren.

Aber siehe da, wer in der Tür stand, war kein altes Hutzelweib, sondern eine bildschöne Frau in einem weißen Gewand, deren gewelltes, goldenes Haar ihr sanft über den Rücken wallte.

„Guten Abend, fremder Wanderer“, sagte sie mit einer Stimme, die klang wie Silberglocken und die Lerche über dem Feld. Karolus spürte sein Herz mit einem Mal heftig klopfen.

„Gott zum Gruß, holdes Mägdelein“, flüsterte er. „Ich suche die Moorhexe.“

„So komm herein“, sagte das schöne Mädchen. Und Karolus trat ein.

In der Hütte brannte ein warmes Feuer im Kamin. Der Raum war licht und traulich.

Prinz Karolus atmete erleichtert auf. Die Alte schien nicht im Haus zu sein. Das Mädchen brachte ihm Suppe aus einem Topf, der über dem Feuer brodelte, und der Königssohn ließ sich auf der Bank an dem blanken Holztisch nieder und aß hungrig. Die Grazie setzte sich zu ihm.

„Was begehrst du von der Moorhexe?", fragte sie.

Karolus hatte über dem Anblick ihrer Anmut zunächst vergessen, warum er hier war. Nun daran erinnert, mochte er vor der Schönen nicht gern über Prinzessin Rosalinde sprechen.

„Ich bin Prinz Karolus", antwortete er daher ausweichend und aß noch mehr Suppe. Kaum getraute er sich aufzusehen und ihren Augen zu begegnen, die klar und blau wie ein See waren.

„Ich weiß, welchen Ort du suchst", raunte sie mit sanfter Stimme. „Das schwarze Schloss in den Feuerbergen, wo du die liebliche Prinzessin Rosalinde zu befreien trachtest."

Erstaunt blickte Karolus auf.

„Woher weißt du das?", fragte er. „War der Riese Mffbrt hier und hat es dir erzählt?"

Die junge Frau lachte hell, und es klang in Karolus' Ohren, als ob tausend Nachtigallen sängen.

„Leg dich schlafen, du Held", sprach sie.

„Morgen in der Frühe wird dir die Moorhexe deinen Weg weisen."

Sie führte Karolus in eine Ecke, in der ein Bett stand. Decke und Kissen waren mit den gelben Blumen des Sumpfes bestickt, und in die Pfosten des Bettes waren Rohrdommeln und Wasserhühner geschnitzt.

Karolus spürte plötzlich, wie müde er war.

„Ahhh", machte er, als er sich auf dem weichen Lager ausstreckte. Ehe ihm die Augen zufielen, murmelte er:
„Du bist genauso hübsch wie meine Mama."
Die Moorhexe lächelte und löschte die Lichter.

*

Prinz Karolus erwachte von einem lieblichen Gesang. Die hübsche Maid stand in der Tür der Kate, durch die die helle Morgensonne hereinfiel, und sang mit klarer Stimme eine wohlklingende Weise.
Auf dem Holztisch standen frisches Brot und dunkelgelber Honig für Prinz Karolus bereit. Sein Pferd Bannibub wartete gesattelt vor der Tür.
Prinz Karolus gähnte herzhaft und schlurfte zum Tisch. Die Schöne beendete ihren Singsang und setzte sich zu ihm.
„Greif zu", ermunterte sie ihn. „Du hast einen harten Ritt vor dir, junger Prinz."
Das ließ Karolus sich nicht zwei Mal sagen. Er stopfte hingebungsvoll Brot in sich hinein und kaute aus vollen Backen.
Aber während ihn das schöne Mädchen ansah, hatte der Prinz plötzlich das eigenartige Gefühl, dass er nicht mehr richtig schlucken könne. Und waren seine Hände schon immer derart riesig?
Er wünschte, das Mädchen würde weiterreden, aber sie saß nur da und sah ihn mit tiefblauen

Augen an. Ihm fiel nichts ein, was er ihr hätte erzählen könnte.

„Woiffnnudiemoorhepfe", presste er schließlich mit vollen Backen hervor und hätte sich dabei fast verschluckt. Mit hochrotem Kopf griff er nach einem Becher mit Wasser.

Die Schöne lächelte und zeigte auf den Pfad, der draußen vor der Tür begann.

„Diesem Weg musst du folgen", sagte sie, ohne seine Frage zu beantworten. „Er bringt dich in die Feuerberge. Dort findest du die schwarze Burg auf dem schwärzesten Berg."

Karolus wollte zu gern zeigen, welch ein kolossal tapferer Kerl er war, also sagte er:

„Ich werde reiten, und koste es mein Leben! Ich werde den bösen Drachen besiegen."

Rosalinde erwähnte er nicht.

„Noch ist nicht aller Tage Abend", sagte das Mädchen lächelnd. „Doch reite nun."

Karolus beendete sein Mahl, erhob sich vom Tisch, ging aus der Hütte und stieg auf Papas schwarzen Hengst.

„Wie heißt du überhaupt?", fragte er, während er die Zügel aufnahm.

„Gwendoline", sagte die Holde und winkte zum Abschied.

„So gehabe dich wohl, göhne Schwendoline", sagte Karolus hoheitsvoll. Doch noch während er dies von sich gab, durchfuhr es ihn glühend heiß, als er seinen Versprecher bemerkte.

Mit brennendem Gesicht ritt der Königssohn von dannen. Erst, als er nach langem Weg die schwarzen Feuerberge erblickte, fragte er sich: ‚Wo hat nur die Moorhexe gesteckt?'

*

Steinhart und finster ragten die Berge vor ihm empor, und Prinz Karolus' sank der Mut. Doch dann dachte er an die bezaubernde Gwendoline in der Moorkate. Er konnte nicht umkehren! Er wollte Bannibub die Sporen geben, doch der Hengst bäumte sich auf, so dass der Prinz fast heruntergerutscht wäre. Daher ließ er das wieder bleiben. Bannibub setzte bedächtig einen Huf vor den anderen auf den steilen Pfad.

‚Geschwind wie der Wind reitet der Held herbei', dachte Prinz Karolus bitter, als er sich aus dem Sattel herab hängte, um ein Veilchen vom Wegesrand zu pflücken. ‚Zum Glück sieht mich Gwendoline nicht!'

Mit einem Mal blieb der große Hengst wie angewurzelt stehen, und Karolus richtete sich im Sattel auf. Sie standen vor einem weiten, kahlen Tal, übersät mit Geröll. Auf der anderen Seite erhob sich eine finstere Burg auf einem rabenschwarzen Berg gegen den wolkenverhangenen Himmel. Bannibub wieherte laut, und urplötzlich preschte der Hengst den Berg hinab.

„Halt!", schrie Karolus und klammerte sich erschrocken an seinen Hals.

„Brrrr, brrr, brrrrrrr!"
Doch Bannibub war nicht zu bändigen, er wieherte, dass es laut von den Bergen widerhallte. Er galoppierte den Hang hinab, so dass die Kieselsteine in alle Richtungen flogen.
„Hilfe!", schrie Karolus, der sich nicht mehr zu helfen wusste. Gleich würde er vom Pferd stürzen und sich das Genick brechen, gleich wäre alles aus!
„HilfeHilfeHilfe!"
Da tauchte wie aus dem Nichts ein Reiter in einer schwarzen Rüstung neben ihm auf. Der Fremde griff Bannibub in die Mähne, und der Hengst stand augenblicklich still. Prinz Karolus hatte seinen Griff nicht gelockert, was ein Glück war, sonst wäre er wohl kopfüber über den Hals des Pferdes geflogen und auf den harten Felsen gelandet. Zitternd richtete er sich im Sattel auf.
„Hast du dir was getan, Kleiner?", fragte der fremde Reiter besorgt.
„Ich bin Prinz Karolus", sagte ebendieser so würdevoll wie möglich. „Und besten Dank, mir geht es gut."
„Dein Pferd ist ja ein prächtiges Tier", sagte der Reiter und fuhr mit seiner Hand bewundernd über den starken Hals des Hengstes.
„Ein Dickkopf ist er", schimpfte Prinz Karolus. „Mir macht er nur Verdruss."
Wütend starrte er auf den schweißnassen Hals des Hengstes. Bannibub schnaubte und schüttelte wild seine Mähne. Karolus sah sich um.

„Aber mich deucht, wir sind nun annähernd am
Bestimmungsort unserer Reise angelangt", be-
merkte er, seinen königlich hoheitlichen Tonfall
wiederfindend.
„Und wohin wollt Ihr?" fragte der Reiter.
„Den Drachen zu töten und die holde Prinzessin
Rosalinde zu befreien, kam ich in dieses Land",
sagte Karolus und fand, dass er wie ein richtiger
Held klang, ein starker Recke, der bereits dut-
zende Drachen erschlagen hatte.
„Oje, der Drache ist schon besiegt", antwortete
der Reiter.
„Nein, was sagt Ihr da?" rief Karolus entsetzt.
„So kam mir ein anderer Prinz zuvor?"
„Nun ja, das nicht direkt", sagte der Reiter und
nahm seinen schwarzen Eisenhelm vom Haupt.
Langes, braunes Haar wehte im Abendwind.
„Ich erschlug ihn schon vor langer Zeit", sagte
Prinzessin Rosalinde.

*

Prinz Karolus saß auf einem Stein und hielt seinen Kopf in den Händen. Es war zum Aus-der-
Haut-fahren! Da ritt man aus, um eine sanfte
Prinzessin heimzuholen, schlug sich mit Riesen
und Hexen und sonst was herum, um dann auf
ein Frauenzimmer zu treffen, das bereits alle
Heldentaten selbst erledigt hatte und oben-
drein wie ein Ritter daher kam. Prinzessin Rosalinde, die ebenfalls von ihrem Pferd gestiegen

war und nun neben dem Prinzen stand, klopfte ihm beruhigend auf die Schulter.

„Nana, Kopf hoch", flötete sie. „Ich werde gewiss niemandem verraten, was für ein miserabler Reiter du bist."

Da sprang Karolus auf.

„Ich kann sehr wohl reiten!", rief er. „Papa sagt, ich halte mich wahrhaft königlich im Sattel. Die Schindmähre ist einfach halsstarrig!" Erbost funkelte er die Prinzessin an. „Und du", fuhr er fort, „Du bist überhaupt nicht so, wie Mama gesagt hat. Mama sagte, du seist vornehm und liebreich und..."

Dem Prinzen blieben die Worte im Hals stecken, als er Rosalindes Blick sah. Dunkel vor Zorn waren ihre Augen, und sie verschränkte die Arme.

„Soso", sagte sie. „Hold und liebreich und mit Bändern im Haar, schmachtend am Fenster auf den Prinzen wartend, he?" Sie lachte laut und warf das Haar zurück.

„Dann lass dir gesagt sein, dass du solch ein Püppchen an diesem Ort vergebens suchst. Hier gibt es nur Rosalinde, die gern auf schnellen Pferden reitet und mit dem Bogen schießt und keinen vermeintlich heldenhaften Prinzgemahl braucht." Damit drehte sich die Prinzessin um und sprang auf ihr Ross.

„Dann willst du gar nicht heiraten?", fragte Prinz Karolus erleichtert.

„Ich? I wo", verneinte Prinzessin Rosalinde und schüttelte sich. „Aber dein Pferd würde ich gern nehmen. Kriegst dafür meine alte Kutsche."
Karolus sah sie zweifelnd an.
„Sie ist golden", fügte Rosalinde hinzu.

*

Karolus lehnte sich in die weichen Polster und seufzte zufrieden: Ja, so und nur so reiste man wahrhaft königlich! In einer goldenen Kutsche, die Hände im Schoß und herrschaftlich die vorbeiziehenden Bäume und Wiesen betrachtend, den Bauern bei ihrer harten Feldarbeit zusehend, den jungen Mädchen vor den Häusern edel zuwinkend. Nicht auf dem Rücken eines halb wahnsinnigen Gauls, der entweder alle drei Schritte stehen blieb oder plötzlich, wie vom Teufel gebissen, lospreschte!
Prinzessin Rosalinde hatte ihn auf ihre Burg eingeladen, ihn gastfreundlich bewirtet (Eierkuchen mit Apfelmus, hmm!) und ihn dann in einem Himmelbett nächtigen lassen, ganz wie zu Hause! Rosalinde selbst hatte lieber im Stall bei Bannibub schlafen wollen, weiß der Geier, was sie daran fand! Sie hatte nur gesagt, sie habe ihren Lebtag genug von Seide, Spitzenkissen und bestickten Vorhängen. Aber, wie versprochen, hatte die Prinzessin ihm am nächsten Morgen ihre Kutsche bereitgestellt: Sechs prächtige Schimmel zogen das goldene Gefährt, und die

Polster waren mit rotem Samt bespannt. Prinz Karolus hatte seinen Abschied genommen, und nun hatte er das graue, triste, steinige Land bald hinter sich gelassen und fuhr durch saftig grüne Wiesen und Felder.

Ein kurzer Anflug eines schlechten Gewissens durchfuhr ihn, wenn er daran dachte, was Papa wohl sagen würde, wenn er vernahm, dass er sein bestes Pferd weggegeben hatte. Aber er schob diesen Gedanken flugs beiseite. An sein zu Hause mochte er jetzt nicht denken, noch nicht! Zurück ins Moor zog es ihn, die holde Gwendoline wiederzusehen und ihr jene Frage aller Fragen zu stellen, denn das war es, was sein Herz begehrte, das wusste er nun.

Prinz Karolus pochte das Herz heftig, wenn er an Gwendoline dachte, ihr goldenes Haar, ihre Augen, so blau wie ein klarer See im Sommer...

Aber dann wieder überkamen ihn Zweifel. Was, wenn sie nein sagte? Wenn sie schon einem anderen Mann versprochen war? Karolus Herz machte eine Talfahrt, wenn er daran dachte.

O bitte, bitte, lass sie nicht schon einem anderen versprochen sein...

Die Sonne stieg höher, und endlich wurde die Kutsche langsamer. In einer Staubwolke kam sie vor der Moorkate zum Stehen. Sacht wehte der Wind über den gelben Sumpfdotterblumen.

*

Die Königin schritt unruhig auf und ab. Schon zwei Wochen waren vergangen, seit ihr Karolus losgeritten war, um die liebreizende Prinzessin Rosalinde zu freien. Immer wieder warf die Königin einen besorgten Blick zum Turmfenster hinaus.

Was hatte sie sich nur gedacht, den Jungen so zu drängen! Wenn ihm nur nichts zugestoßen war! Das würde sie sich niemals verzeihen. Er war doch im Grunde noch ein Kind, ihr kleiner Karolus! Wenn er nur endlich nach Hause käme, gesund und munter! Sollten doch Cousin Ludwig und Cousine Jeanette mit ihren hochtrabenden Hochzeitsplänen prahlen, was sollte sie das kümmern? Wenn sie nur ihren Jungen wieder in die Arme schließen könnte!

In diesem Moment ertönte das lang ersehnte Signal vom Wachturm:

Habt Acht, habt Acht, der Prinz kommt heim! So verkündeten die Trompeten. Freudig lief die Königin die Wendeltreppe hinab in den Hof. Auch König Kasimir schritt würdevoll heran, sein prächtiger Königsmantel bauschte sich hoheitsvoll hinter ihm im Wind.

Eine goldene Kutsche fuhr in den Schlosshof ein.

Der Königin stockte der Atem:

War das ihr Junge, der so würdevoll aus dem Gefährt stieg und einer Dame den Arm bot? Und welch eine hübsche Braut er heimführte!

Doch war das Rosalinde?

„Karolus!", rief die Königin erfreut.

„Mein Junge!“, dröhnte König Kasimir, so dass die Tauben von den Zinnen aufflogen.

„Mutter, Vater“, sagte der Königssohn. „Dies ist meine liebe Braut.“

Und nun musste Prinz Karolus alles berichten, was ihm widerfahren war. Und er erzählte von seinen Abenteuern, von Mffbrt, dem Riesen, von Rosalinde in den Feuerbergen und natürlich, wie er seine Gwendoline in der Moorkate kennengelernt hatte.

Und als die Königin sich von ihrer Ohnmacht erholt hatte, die sie überwältigte, als sie hörte, dass diese strahlend schöne Maid mitnichten eine junge Prinzessin, sondern eine 1000-jährige Hexe war, und als sich König Kasimir von seiner Ohnmacht erholt hatte, die ihn übermannte, als er vernahm, dass sein Sohn sein bestes Schlachtross gegen eine Kutsche mit rosa Seidenvorhängen eingetauscht hatte, ja, dann wurde die Hochzeit mit aller Pracht gefeiert. Prinz Karolus und seine Gwendoline lebten fortan glücklich und zufrieden all ihre Tage.

Und Prinz Karolus wurde uralt, so wie nur jemand alt werden kann, der das Herz einer echten Moorhexe für sich gewinnen konnte.

ENDE

***

DANKE

Danke
an meinen Mann Alex für sein treues Gegen-
lesen und die Motivation, etwas Neues zu star-
ten. Danke, dass er mich mit Roy bekannt ge-
macht hat!
Danke an Roy Schmidt für sein tolles Cover!
Danke
von Herzen meinen wundervollen Kindern,
dafür, dass sie mich immer wieder inspirieren
und glücklich machen.
Danke
an Wilma Rolletschek für die erste Buchlesung
meines Lebens – bei „Mit Genuss" in Gardele-
gen fing alles an.
Danke
an meine Großmutter Hilde und meine Tante
Maria dort oben im Himmel, die die Ersten
waren, die mich im Schreiben und Dichten be-
stärkten.
Danke an Muddi und Vaddi.
Danke an Eckard für das Bestärken darin,
den eigenen Kram zu machen (mit und ohne
Lust).
Danke
an Heike und Volker.
Danke
an Tini, Basti, Flori, Caro, Jacki, Martin,
„Cowboy" Jonas, Thom, Mel, Joey und
Laura für viel gute Laune und Heavy Metal

während des Germanistikstudiums – beides
floss in meine Geschichten ein.
Danke
an Kathleen, Juliane und Kathi, die als
Freundinnen nach dem Studium in mein Leben kamen und mich so liebevoll zum
Schreiben ermutigen.
Danke
an alle netten Leutchen auf Instagram und
Facebook, insbesondere Serafinia Gabrielli
und Birgit Gundel, für ihre liebevolle Unter-
stützung an jedem Tag.

DANKE EUCH ALLEN.